Antonia Michaelis

Lesepiraten

Zauberschlossgeschichten

Illustrationen von Heike Wiechmann

Loewe

FSC
Mix
Produktgruppe aus vorbildlich
bewirtschafteten Wäldern und
anderen kontrollierten Herkünften

Zert.-Nr. IC-COC-100001
www.fsc.org

ISBN 978-3-7855-5987-1
1. Auflage 2008

Umschlagillustration: Heike Wiechmann
Reihenlogo: Angelika Stubner
Printed in Germany (017)

www.loewe-verlag.de

Inhalt

Meine Freundin Siri

Seit ich denken kann,
war Siri meine beste Freundin.
Wir gingen zusammen zur Schule
und lernten zusammen Flöte.
Wir hatten eine geheime Sprache
und eine geheime Schrift.
Wir lachten zusammen
und weinten zusammen.

Manchmal gingen wir
zu dem alten Schloss,
wo niemand mehr wohnt.
Im Schlossgarten spielten wir
Prinzessinnen und Königinnen.
Aber dann war Siri
eines Tages nicht mehr da.
Sie war weggezogen, weit weg.
Niemand verstand mehr
meine Geheimsprache.

Ich war so traurig
wie noch nie.
Aber Siri war nicht da,
um mit mir traurig zu sein.
Nach einer Woche
ging ich abends zum Schloss.
Das Gartentor stand offen.
Ich wanderte alleine
über die weiten Wiesen.

Auf dem Schlosshof
hallten meine Schritte.
Ich wollte keine Prinzessin
mehr sein. Nicht alleine.
Da hörte ich von ferne
die Töne einer Flöte.
Ich lief über den Hof,
so rasch ich konnte.
Und da sah ich,
dass auf der alten Schaukel
jemand saß.

Es war Siri mit ihrer Flöte.
Sie lachte mir entgegen.
„Wie kommst du zum Schloss?“,
fragte ich.
„Dies ist ein Zauberschloss“,
wisperte Siri.
„Ich bin nur für dich hier.
Nur in der Dämmerung.“

Seitdem spielen wir wieder
zusammen im Schlossgarten,
meine Freundin Siri und ich.
Wir sitzen auf der Schaukel
und sind Prinzessinnen.
Jeden Tag in der Dämmerung.
Sagt es keinem weiter.
Es ist unser Geheimnis.

Worauf spielt Siri? Tausche die ersten zwei Buchstaben gegen „Kr". Weißt du nun, was man in einem Schlossgarten oft trifft?

Trage die Antwort auf Seite 60 bei Nummer 1 ein.

Beine für die Schlossherren

Meine Schule
ist in einem alten Schloss.
Es heißt Schloss Birnstein.
In den runden Türmen
sind die Klassenzimmer.
Im Speisesaal ist die Turnhalle.
Im Pferdestall stehen Fahrräder.

Nur an den Wänden
ist kein Platz für unsere Bilder.
Da hängen überall Bilder
von den alten Schlossherren.
Man sieht sie nur bis zur Hüfte.
Ohne Beine.
„Können wir die nicht abhängen?“,
fragte ich.

„Nee“, meinte der Direktor.
„Das hat der Mann verboten,
dem das Schloss gehört.“
Wir wollten bunte Bilder.
Selbst gemalte Bilder.
Eines Tages, als es keiner sah,
stellte ich mich vor ein Bild.
„He, Sie!“, sagte ich.
„Hängen Sie da eigentlich gern?“
Ich erwartete keine Antwort.

Aber ich bekam eine.

„Nein! Es ist so langweilig!“,

rief der Mann auf dem Bild.

„Warum gehen Sie nicht weg?“,

fragte ich.

„Wie denn? Ohne Beine?“,

riefen alle Bilder im Chor.

Da war der Fall klar.

Ich sagte Fred und Otto Bescheid.

Und nach der Schule
malten wir den Bildern Beine.
Auf die weiße Wand.
Es sah sehr schön aus.
Am nächsten Morgen
hatten wir ein bisschen Angst,
dass der Direktor schimpfte.
Aber die Beine waren weg.
Die gemalten Leute auch.

Nur die Rahmen hingen noch da.
Die Lehrer wunderten sich.
Aber wir durften bunte Bilder
in die Rahmen hängen.

Manchmal, an sonnigen Tagen,
sehe ich Leute im Park.
Leute mit altmodischen Hüten.
Und mit etwas krummen Beinen.
Denen winke ich dann.

Worin hängen die alten Schlossherren? Tausche das „R“ gegen ein „D“ und streiche das „h“. Wer ist sicher auch auf den Bildern zu sehen?

Trage die Antwort auf Seite 60 bei Nummer 2 ein.

Räuber vor der Burg

Tim baute gerne Sandburgen.
Mit Gräben und Zugbrücken.
Er stellte sich vor,
in den Burgen lebten Ritter.
„Du spielst ja wie ein Baby!“,
sagte sein Freund Tom.

Eines Abends fand Tim
unter seiner Zugbrücke
eine große Krabbe.
Sie sah gefährlich aus.
Tim baute lieber nicht weiter.
Nachts wachte er auf
und konnte nicht mehr schlafen.
Er ging barfuß zum Strand –
und da stand eine große Burg.
Sie sah aus wie Tims Sandburg!
Verwundert ging er durchs Tor.

Drinnen schärften Ritter
in glänzenden Rüstungen
ihre Schwerter.
„Gleich sind sie hier!“,
sagte eine Frau.
„Wer ist hier?“, fragte Tim.
„Die Seeräuber!“, rief die Frau.
Sie zog Tim ans Fenster.

Vom Meer herauf
näherte sich eine wilde Schar.
Sogar die Pferde
trugen Augenklappen.
„Es sind viel zu viele“,
seufzte ein Ritter.
„Wir müssen uns ergeben.“
Da fiel Tim etwas ein.
„Unter der Zugbrücke
sitzt ein Monster!“, rief er.
„Das kann sie vertreiben!“

So ritten sie zusammen
zur Zugbrücke.
„He! Krabbe!“, rief Tim.
Die Krabbe kam aus dem Graben.
Sie war so groß wie ein Drache.
Tim bekam ein bisschen Angst.
Aber die Krabbe lief zum Meer.
„Uaah!“, schrien die Seeräuber.
„Ein Ungeheuer!“
Dann flohen sie eilig.

„Du bist der mutigste Junge,
den es gibt“, lobte der Ritter.
„Aber jetzt muss ich zurück“,
sagte Tim.
Am nächsten Morgen
stand Tims Burg da wie immer.
Die Krabbe war weg.
„Na, wie geht’s den Rittern?“,
fragte Tom.
Tim sagte nichts.

Wie viele Wörter mit einem Doppelbuchstaben findest du in dieser Geschichte?

Trage die Antwort auf Seite 60 bei Nummer 3 ein.

Lieber doch kein Kaviar

Papa war selber schuld.
Schließlich hatte er das Bild
über Minas Bett gehängt.
Auf dem Bild war ein Schloss.
Im Garten ritten Prinzessinnen
auf weißen Pferden.
„Ich will auch ein Pferd!“,
rief Mina.

„Unser Garten ist zu klein“,
sagte Papa.
„Ich will solche Kleider!“,
forderte Mina. „Aus rosa Seide!“
„Zu teuer!“, sagte Papa.
„Geht nicht!“
„Dann ziehe ich aus!“,
erklärte Mina.
Sie sah das Bild lange an.

Und da – *pöff!*

Da saß Mina auf einem Pferd.

Im Schlossgarten.

Und sie trug eine Goldkrone.

„Sitz gerade!“,

rief der Reitlehrer.

Doch nach ein paar Runden

tat Minas Po weh.

Die Krone drückte.

Zum Glück war Essenszeit.

Es gab wertvollen Kaviar.
Das sind rohe Fischeier.
Mina hätte lieber
Kartoffelbrei gegessen.
Nachts schlief sie
in einem großen Himmelbett.
Damit ihr Haar schön blieb,
bekam sie ein Stützkissen.
Das Kissen war zu hart
und das Bett zu weich.

Mina vermisste ihren Papa,
der ihr vorlas.
Am nächsten Morgen
kletterte sie auf einen Baum
und alle schimpften,
weil das Seidenkleid zerriss.
Da kniff Mina die Augen zu
und dachte an zu Hause.

Und – *plöpp!*

Schon saß sie wieder auf ihrem Bett.

Sie nahm das Bild vom Schloss

schnell von der Wand.

„Papa!“, rief sie.

„Ich bin wieder da!“

„Ein Glück!“,

antwortete Papa aus der Küche.

„Der Kartoffelbrei wartet!“

Suche ein Wort mit zwei „o“.
Wie lautet es?

Trage es auf Seite 60 bei
Nummer 4 ein.

Mein geheimer Schlüssel

Wir wohnen in der Stadt,
in der großen, lauten Stadt.
Aber mein Großvater
wohnt zwischen den Wiesen,
nahe bei den Wäldern,
wo der Wind singt.
Jeden Sommer besuche ich ihn.

Wir sitzen am Feuer
in seinem Garten.
Und er erzählt mir Märchen.
Märchen von Rittern
und von Schlössern,
die in den Wiesen stehen,
wo der Wind singt.
„Kann ich nicht hierbleiben?“,
fragte ich ihn eines Tages.

„Die Schule brauche ich nicht“,
sagte ich. „Ich werde ein Ritter.
Und ich baue uns ein Schloss
hier in den Wiesen.“
Mein Großvater schüttelte den Kopf.
„Auch Ritter müssen lernen“,
sagte er.
„Aber ich habe etwas für dich.“
Er suchte lange in einer Truhe.

Dann gab er mir einen Schlüssel.
„Dieser Schlüssel ist für dich“,
sagte er,
„bis zum nächsten Jahr.
Es ist ein Zauberschlüssel.
Wenn du ihn festhältst
und die Augen schließt,
taucht ein Zauberschloss auf.“
Ich nahm den Schlüssel mit
in die große, laute Stadt,
wo es keine Wälder gibt
und keine Ritter.

Im Schulbus hielt ich ihn fest
und machte die Augen zu.
Da war ich nicht mehr im Bus.
Ich saß an einem großen Feuer
in einem Schlosshof.
Ich war ein Ritter
unter anderen Rittern.

Wir stiegen auf unsere Pferde
und galoppierten in die Wälder.
Als ich vom Reiten müde war,
ließ ich den Schlüssel los.
Da saß ich wieder im Schulbus.
Es war noch lang
bis zum nächsten Sommer.
Aber das machte nichts.

Was für ein Gebäude will der Junge bauen? Und wo? Hänge die beiden Worte aneinander. Wie könnte der Junge das Gebäude nennen?

Trage die Antwort auf Seite 60 bei Nummer 5 ein.

Geister-Fußball

„Klassenfahrt zum Schloss!“,
sagte Jonas. „Wie cool!
Nur blöd, dass Tiess auch hier ist!“
Tiess zog eine Grimasse.
Nachts wachten sie davon auf,
dass draußen etwas heulte.
„Geister!“, wisperte Tiess.
„Unsinn“, flüsterte Jonas.

Am Tag darauf spielten alle
Fußball im Schlossgarten.
Tiess und Jonas
prügelten sich um den Ball.
Am Abend war der Ball weg.
„Tiess hat ihn geklaut!“,
sagte Jonas zu Frau Meier.
„Jonas war’s“, sagte Tiess.

Als die Turmuhr zwölf schlug,
heulte es draußen wieder.
„Wetten, du traust dich nicht,
rauszugehen!“, sagte Tiess.
„Wetten, doch!“, sagte Jonas.
Sie standen leise auf.
Jonas’ Zähne klapperten.
Tiess’ Knie zitterten.
Sie schlichen bis in den Hof.
Der Hof war voller Geister.

„Die – die haben den Ball!“, wisperte Jonas. „Den Fußball!“
Die Geister versuchten, in den Ball zu beißen.
Dann versuchten sie, ihn hin und her zu pusten.
„Ihr müsst ihn schießen!“, riefen Jonas und Tiess.
„Wir haben aber kein Gewehr!“, riefen die Geister.

Jonas und Tiess lachten.
Dann zeigten sie den Geistern,
wie man Fußball spielt.
Die ganze Nacht lang.
„Da liegt der Ball im Hof!“,
sagte Frau Meier am Morgen.
„Na, ihr beiden seht müde aus!
Was habt ihr nachts gemacht?“
Jonas zwinkerte Tiess zu.
„Fußball gespielt“, sagten sie.

Die Geister saßen im Keller
und waren auch müde.
„Wie anstrengend!“, rief einer.
„So zu tun, als wüssten wir nicht,
wie man Fußball spielt!
Aber es hat geklappt.
Jonas und Tiess
mögen sich endlich!“

Finde ein Wort, das sechs Buchstaben hat und mit dem siebten Buchstaben des Alphabets beginnt. Welches ist es?

Trage es auf Seite 60 bei Nummer 6 ein.

Der geheime Falke

„Urlaub auf einem Schloss“,
sagte Mama. „Das wird toll!“
Ich stöhnte.
Urlaub am Strand,
das wäre noch was gewesen.
Das Schloss war riesig.
Wir machten eine Führung mit
und sahen uns alles an.

Es war natürlich total öde.
Abends lasen Mama und Papa
im großen Lesesaal.
Ich langweilte mich.
Es gab keinen Fernseher.
Aus lauter Langeweile
hob ich einen Wandteppich an.
Dahinter war eine Tür!
Ich schlüpfte lautlos hindurch.

Auf der anderen Seite
war der gleiche Lesesaal.
Nur die Leute dort
trugen altmodische Kleider.
„Psst!“, zischte ein Junge
in meinem Alter.
„Ich zeig dir was!“, sagte er.

Er führte mich in den Hof.
In einem großen Käfig
saßen drei Falken.
Der Junge holte einen heraus.
„Mein Vater ist ihr Herr“,
sagte er. „Wenn er nicht da ist,
lasse ich sie heimlich fliegen.“
Er warf den Falken in die Luft.

Der Falke zog einen weiten Kreis
und landete auf meiner Schulter.
„Willst du lernen,
wie man mit ihnen spricht?“,
fragte der Junge.
Ich nickte.
Von diesem Abend an
schlüpfte ich jeden Tag
hinter den Wandbehang.

Ich lernte eine Menge.
Wie man mit den Falken spricht.
Wie man reitet.
Wie man Fackeln hält.
Wie man Füchse jagt.
Niemand wusste
von meinem Freund
hinter dem Wandbehang.

„Heute geht es nach Hause“,
sagte Mama eines Tages.
„Schade“, sagte ich.
„Kommen wir mal wieder?“
Am Himmel kreiste ein Falke.
Durch die Autoscheibe
sah ich ihn lange an.

In dieser Geschichte gibt es ein Wort, in dem vier Buchstaben je zweimal vorkommen. Es beginnt und endet mit dem gleichen Buchstaben. Wie heißt es?

Trage das Wort auf Seite 60 bei Nummer 7 ein.

Nach Sonnenuntergang

Jorg hatte einen Hund,
der hieß Wuuf.
Sie gingen jeden Tag
zusammen spazieren.
Meistens beim alten Schloss.
Die anderen Leute
fanden das Schloss unheimlich.
Aber Wuuf mochte den Garten.

Eines Abends gingen sie
später hinaus als sonst.
Jorg ließ Wuuf von der Leine
und Wuuf rannte los.
Aber diesmal kam er nicht wieder.
Jorg rief und rief.
Doch Wuuf blieb verschwunden.

Am nächsten Tag
hängte Jorg überall Zettel auf.
HUND ENTLAUFEN!
Doch niemand meldete sich.
Nach einer Woche ging Jorg
allein zum Schlosspark.
Es war schon fast dunkel.
Das Tor zum Schlosshof
stand ein wenig offen.
War es sonst nicht zu?

Jorg ging zögernd hindurch.
Niemand wohnte im Schloss.
Doch der Hof war voller Leute.
Sie trugen Kleider
wie auf alten Bildern.
Ein Mädchen
spielte mit einem Hund.
„Wuuf!“, rief Jorg.

„Das ist Hyronimus“,
sagte das Mädchen.
„Er ist mir zugelaufen.“
„Aber er gehört mir!“, rief Jorg.
„Wer seid ihr alle?“
„Wir haben früher hier gelebt“,
sagte das Mädchen.

„Jetzt sind wir nur abends da.
Jeden Tag für eine Stunde.
Ich bin das einzige Kind.
Ich wollte immer einen Hund
zum Spielen!“
„Hm“, sagte Jorg.
„Du kannst ihn haben.
Jeden Tag, für eine Stunde.
Aber tagsüber wohnt er bei mir.“

„Oh ja!“, rief das Mädchen.
„Das wäre wundervoll!“
Seitdem verschwindet Wuuf
jeden Abend für eine Stunde.
Jorg wartet an der Tür auf ihn.
Er kommt immer zurück.

Hier gibt es ein Wort, in dem der 25. Buchstabe des Alphabets vorkommt. Findest du es?

Trage das Wort auf Seite 60 bei Nummer 8 ein.

Antonia Michaelis wurde 1979 in Kiel geboren. Fünf Jahre später begann sie, ihre Umwelt mit (damals noch unleserlichen) Büchern zu überschwemmen. Seitdem hat sie immer weitergeschrieben: während ihrer Schulzeit in Augsburg oder auf ihren zahlreichen Auslandsreisen. In England ließ sie sich inspirieren von der englischen Literaturgeschichte, die sie in ihrem ersten großen Kinderroman „Die wunderliche Reise von Oliver und Twist" verarbeitete. Die Autorin lebt im Nordosten Deutschlands.

Heike Wiechmann wurde 1963 in Travemünde geboren. Schon als Kind liebte sie Farben, Pinsel und Papier. Seit dem Studium an der Fachhochschule für Gestaltung in Hamburg illustriert sie Bücher für Kinder, entwirft Spielzeug und unterrichtet Zeichnen. Heike Wiechmann lebt mit ihrer Familie und zwei Kindern in Lübeck.

Knacke das Rätsel!

Wenn du alle Geschichten gelesen und die kniffligen Fragen beantwortet hast, trage die Lösungen hier ins Kreuzworträtsel ein. Schreibe dann die farbig markierten Buchstaben in die Kästchen mit den Zahlen. Das Lösungswort nennt dir etwas, von dem jedes Schloss bestimmt sehr viele hat. Was ist es?

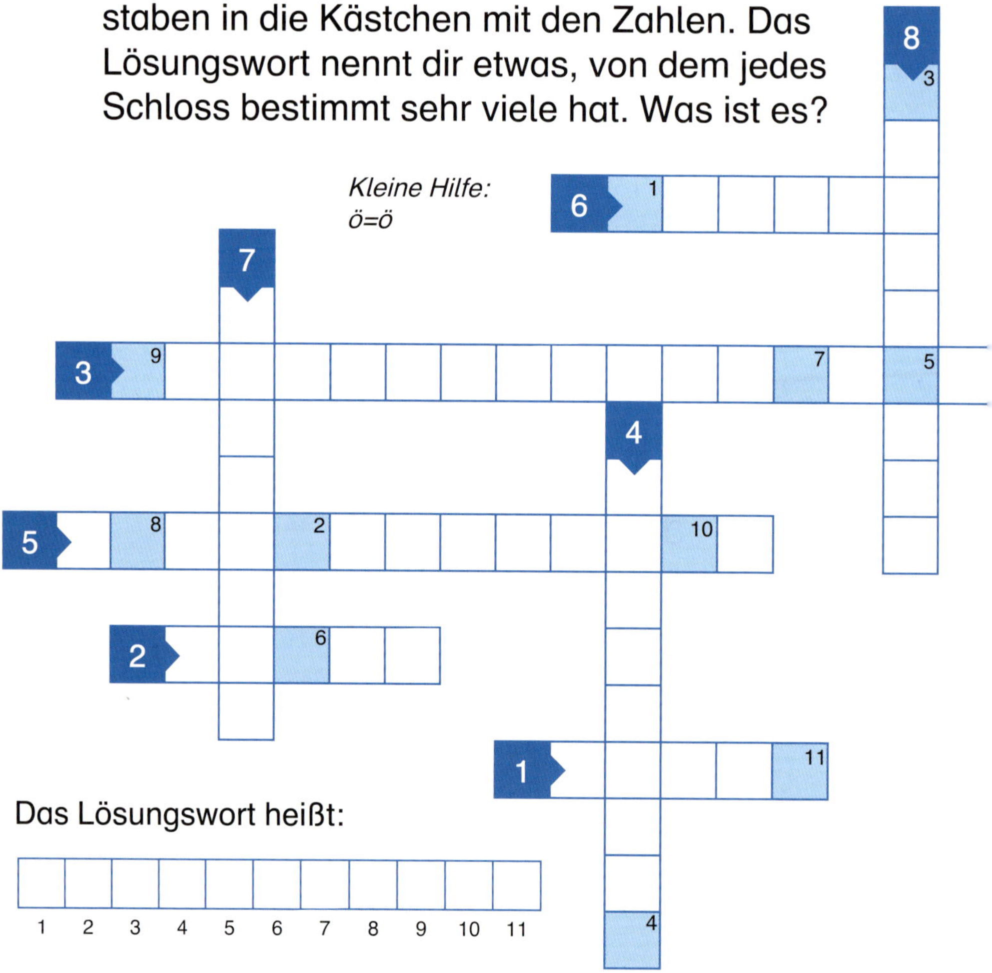